Élise Turcotte

Annette et
le vol de nuit

Illustrations
de Doris Barrette

la courte échelle
Les éditions de la courte échelle inc.

Les éditions de la courte échelle inc.
5243, boul. Saint-Laurent
Montréal (Québec) H2T 1S4

Conception graphique:
Derome design inc.

Révision des textes:
Lise Duquette

Dépôt légal, 3e trimestre 2000
Bibliothèque nationale du Québec

La courte échelle bénéficie de l'aide du ministère du Patrimoine
canadien dans le cadre de son Programme d'aide au développement de
l'industrie de l'édition. La courte échelle est aussi inscrite au programme
de subvention globale du Conseil des Arts du Canada et reçoit l'appui
du gouvernement du Québec par l'intermédiaire de la SODEC.

La courte échelle bénéficie également du Programme de crédit
d'impôt pour l'édition de livres – Gestion SODEC – du gouvernement
du Québec.

Données de catalogage avant publication (Canada)

Turcotte, Élise

    Annette et le vol de nuit

    (Premier Roman; PR97)

    ISBN 2-89021-426-5

    I. Barrette, Doris. II. Titre. III. Collection.

PS8589.U62A86 2000   jC843'.54   C00-940703-0
PS9589.U62A86 2000
PZ23.T87An 2000

Élise Turcotte

Élise Turcotte est née près du fleuve, à Sorel. Après de longues études, elle a obtenu un doctorat en études françaises de l'Université de Sherbrooke. Elle a déjà travaillé dans des bibliothèques et des librairies et, depuis quelques années, elle enseigne la littérature au cégep du Vieux-Montréal. Elle aime énormément lire et écrire. De plus, elle prétend qu'elle est allée un million de fois au cinéma et a mangé au moins cinquante mille fois au restaurant!

Auteure très prolifique, Élise Turcotte a reçu le prix Louis-Hémon pour son roman *Le bruit des choses vivantes*, ainsi que le prix Émile-Nelligan pour deux recueils de poèmes, *La voix de Carla* et *La terre est ici*. *Annette et le vol de nuit* est le troisième roman jeunesse qu'elle publie à la courte échelle.

Doris Barrette

Doris Barrette a illustré des dizaines d'albums, de romans, de livres documentaires sur les sciences naturelles et de livres scolaires, et ses oeuvres ont été exposées plusieurs fois au Québec et en Europe. À la courte échelle, c'est elle qui a fait les illustrations de l'album *Grattelle au bois mordant* de Jasmine Dubé, publié dans la série Il était une fois.

Doris Barrette partage une grande passion avec les enfants gourmands du monde entier: les desserts et le chocolat. *Annette et le vol de nuit* est le troisième roman qu'elle illustre à la courte échelle.

De la même auteure, à la courte échelle

Collection Premier Roman

Série Annette

Les cahiers d'Annette
La leçon d'Annette

Élise Turcotte

Annette et le vol de nuit

Illustrations
de Doris Barrette

la courte échelle

1
Vol de nuit

Tout a commencé par le cambriolage de notre maison. C'était un soir d'été ordinaire, sans feu d'artifice, sans pleine lune. Un soir gris, idéal pour les voleurs.

Ma mère avait décidé de nous emmener au restaurant, Raphaël et moi, pour fêter le début des vacances.

Elle a mis sa belle robe bleue. Moi, j'ai enfilé ma jupe fleurie et mon chandail rose. Et Raphaël a sorti sa chemise hawaïenne.

Ma mère nous a fait choisir le restaurant: japonais, thaïlandais, louisianais, italien, marocain ou éthiopien. Elle adore la cuisine exotique! Mais nous avons opté pour l'italien, évidemment.

— Encore des pâtes, a soupiré ma mère.

Franchement! Qu'est-ce qu'elle a contre les pâtes? En tout cas, elle voulait nous faire plaisir. C'était donc à nous de décider.

Le repas s'est bien déroulé. Ma mère était contente. Pour une fois, nous n'avons rien gaspillé. Sauf Raphaël qui a abandonné plein de petits anchois sur le bord de son assiette.

En sortant du restaurant, nous avons flâné dans un parc. Ma

mère admirait la statue de Dante, le grand poète italien. Raphaël et moi, nous faisions la guerre aux pigeons. Puis la nuit est venue et nous sommes rentrés.

C'est là que notre soirée s'est mise à dérailler.

Dès qu'on a ouvert la porte de la maison, on a senti qu'il se passait quelque chose de bizarre.

D'habitude, rentrer chez soi est rassurant. On retrouve les objets tels qu'on les avait laissés. C'est comme se faufiler dans des draps bien douillets.

Mais là, il régnait une drôle d'atmosphère.

D'abord, un sac à main ouvert gisait dans l'escalier. Ma mère a fait un air étrange en ramassant le rouge à lèvres qui traînait par terre.

Dans le salon, des vidéocassettes étaient éparpillées sur le divan. Les livres dans la bibliothèque étaient pêle-mêle. Une fenêtre était cassée dans la cuisine.

Quelqu'un était venu pendant notre absence, j'en étais maintenant certaine. Qui cela pouvait-il bien être?

— Peut-être papa? a dit Raphaël.

— Peut-être… a répondu ma mère.

Visiblement, elle avait autre chose en tête. Elle est montée à toute vitesse au deuxième étage. Nous l'avons suivie. Mon coeur battait fort. Raphaël s'agrippait à ma jupe.

Puis tout s'est éclairci d'un seul coup. Des voleurs nous avaient rendu visite!

Les tiroirs dans la chambre de ma mère étaient renversés sur son lit. Il n'y avait plus d'ordinateur dans son bureau. Même ma chaîne en or, mon souvenir de ma grand-mère, avait disparu!

Raphaël s'est énervé. Il cherchait son dino. Franchement! Voire si les voleurs s'intéressaient à des animaux en peluche.

Ma mère, elle, était dans une telle colère! Je ne l'avais jamais vue ainsi.

Bref, nous nagions en plein drame. Comme dans les films d'adultes à la télévision. Et comme dans les films d'adultes, il fallait qu'une force intervienne pour calmer la tempête.

Cette force, naturellement, c'était moi!

— OK. On se calme! ai-je crié.

Sur le coup, tout le monde s'est calmé.

Nous n'avons plus touché à rien jusqu'à ce que le policier entre en scène. Il nous a posé quelques questions. Il a rempli une feuille. Après quoi, il s'est levé pour partir.

— C'est tout? lui a lancé Raphaël, les mains sur les hanches.

Mon frère, le grand justicier, était fâché. Et très déçu. Il s'attendait à voir le policier sortir sa panoplie d'enquêteur. Appareil photo, loupe, poudre à relever les empreintes.

Il insistait pour que ma mère fasse appel à un vrai détective. Mais elle était déjà en train de ranger. La vie pouvait redevenir comme avant.

Raphaël a retrouvé son dino. Nous sommes allés nous coucher, mon petit frère, ma mère et moi.

Et c'est là que tout a vraiment commencé.

2
Nuit blanche

Rien n'était plus comme avant, justement.

Je me suis installée dans mon lit avec mes deux oreillers, mon chat à clochette et ma tortue en peluche. J'ai allumé ma lampe de chevet pour lire *Pauvre Blaise*.

Il était très tard. J'étais si fatiguée que, en moins de deux, les mots se sont mis à danser devant mes yeux.

À moitié endormie, j'ai éteint la lumière. J'étais prête à m'évader dans les bras de Morphée, comme disent les adultes.

Mais voilà que, au bout de quelques minutes, je me suis réveillée. Mes yeux étaient grands ouverts dans l'obscurité. Les battements de mon coeur résonnaient dans le silence de la nuit.

Je pensais au voleur. Et s'il était encore caché quelque part dans la maison? S'il revenait nous visiter pendant notre sommeil?

D'ailleurs, était-ce bien prudent de dormir si longtemps la nuit? Qui sait ce qui peut se passer dès que nos yeux sont fermés? Est-ce que les objets se mettent à bouger? Est-ce que les morts reviennent habiter la maison?

Je commençais à avoir la frousse. Je fabulais à propos de tout ce qui pouvait se cacher dans un placard. Des fantômes, des voleurs, d'étranges et tout petits animaux...

Franchement!

J'avais trop d'imagination. Il fallait que je chasse ces idées

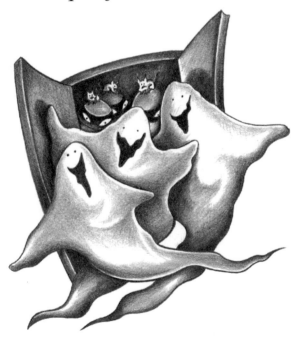

inquiétantes. Je me suis assise dans mon lit. La porte de ma garde-robe était entrouverte. Pire, on aurait dit qu'elle bougeait!

J'entendais aussi de drôles de bruits. Cela ressemblait à des froissements d'ailes. Ou bien c'était quelque chose qui rampait!

J'ai pris un oreiller dans mes bras pour me servir d'armure. Si cette chose s'approchait de moi, elle verrait qui est la plus forte!

Je n'osais plus bouger.

Dans la pénombre, ma chambre paraissait différente. Il y avait des ombres chinoises sur le mur.

Chaque objet était en train de se transformer. Mes poupées s'allongeaient. Les pages de mes cahiers tressaillaient. Les vêtements

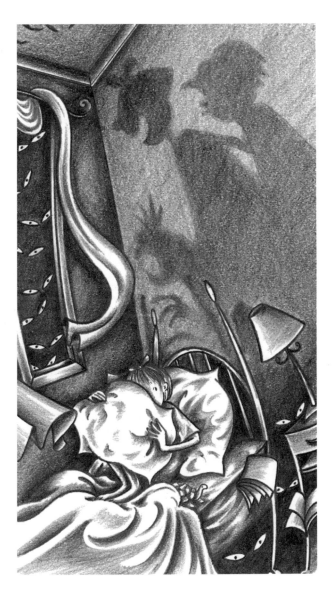

sur ma chaise avaient une forme humaine!

Je me suis mise à trembler. C'était donc ça, la peur de la nuit!

Je voulais vite retrouver mes rêves. Je voulais que tout redevienne comme avant.

Je me suis recouchée, la tête bien enfouie sous mes draps. Si je parvenais à m'endormir, la peur s'éloignerait.

J'ai compté des milliers de moutons. Je les ai vus un à un sauter et ressauter la clôture. Rien à faire. Je ne dormais toujours pas.

Tout ça, c'était à cause du voleur. Il ne m'avait pas seulement volé ma chaîne en or. Il m'avait aussi volé ma nuit!

3
Minuit, l'heure
du crime!

J'étais seule dans le parc. Les pigeons tournoyaient autour de moi en riant. C'est alors que la statue du poète italien s'est mise à bouger.

Le grand poète est descendu de son piédestal en récitant une formule. Il me jetait un sort pour que je devienne statue à mon tour.

À cet instant, une main s'est posée sur mon épaule. Et je me suis réveillée.

Raphaël était debout à côté de moi. Une feuille à la main.

— Regarde, Annette. J'ai ses empreintes!

— Quelles empreintes? De quoi tu parles?

— Celles du voleur, voyons!

Avec ce rêve fou, j'avais oublié. Le voleur!

Raphaël avait relevé des empreintes un peu partout avec sa poudre magique.

Il m'a tendu un petit carnet.

— Toi, tu vas prendre des notes.

— Des notes?

— Oui, oui. Il faut tout noter. L'heure du crime et tout ça.

— Pourquoi?

— Pour trouver le voleur!

Bon. J'aurais dû m'en douter. Mon frère se prenait pour la police. Pour lui, tout est prétexte à se transformer en personnage.

— Laisse-moi tranquille, Raphaël. Je n'ai pas dormi de la nuit!

— Parfait! As-tu entendu ou vu quelque chose de suspect?

Franchement!

Je me suis levée pour aller déjeuner. Mais Raphaël ne me lâchait pas d'un poil.

Même ma mère était de la partie. Elle nous a accueillis dans la cuisine en s'exclamant:

— Comment va ton enquête, Raphaël?

— D'après moi, ils étaient deux, a répondu mon petit frère.

— Ah oui? Et pourquoi?

— Parce qu'il y a deux sortes d'empreintes.

— C'est bien, Raphaël. Continue!

Je n'en croyais pas mes oreilles. Elle l'encourageait. Ils semblaient tous les deux exaltés par cette histoire.

Je me suis assise à la table, démoralisée. Ma mère avait mis un carton pour remplacer la vitre brisée. J'étais la seule à remarquer à quel point la cuisine était sombre.

Ma mère s'est enfin approchée de moi.

— Et toi, Annette? As-tu bien dormi?

J'ai levé vers elle des yeux volcaniques.

— Je n'ai pas dormi une seconde.

— À cause du voleur? C'est normal d'avoir peur après ce qui est arrivé. Mais le policier affirme qu'il ne reviendra pas.

— Et tu l'as cru! a riposté Raphaël.

J'ai fait celle qui n'a rien entendu. Je me suis adressée à ma mère:

— Je n'ai pas eu peur du tout! C'est à cause du bruit... Il y avait une réunion de fantômes dans ma chambre!

— Des fantômes? Pour vrai?

Raphaël paraissait un peu moins brave, tout à coup.

— Je ne sais pas trop. C'étaient peut-être des reptiles!

Ma mère s'est mise à rire. Elle sait que je sais qu'elle déteste les reptiles.

— Voyons, Annette. Qu'est-ce que tu racontes?

— En tout cas. Vous n'avez pas l'air de prendre ça au sérieux.

— Qu'est-ce qu'on ne prend pas au sérieux?

Il a fallu que je leur explique qu'on ne pourrait plus jamais être tranquilles. On savait maintenant que tout pouvait arriver pendant notre absence. Il suffit d'avoir le dos tourné, ou les yeux fermés, pour que les choses se mettent à changer.

Ma mère a dit qu'elle comprenait ce que je ressentais. C'est vrai qu'elle avait une mine un peu fatiguée. Elle s'efforçait sûrement de sourire pour ne pas nous inquiéter. J'avais été injuste avec elle.

Quant à Raphaël, pour une fois, il était d'accord avec moi.

— C'est comme au théâtre, a-t-il déclaré. On ne sait jamais ce qui nous attend derrière les rideaux.

Il avait saisi. Le monde entier

est rempli de choses inconnues!

J'ai observé mon petit frère, son carnet de détective à la main. Soudain, j'ai eu une idée.

— Finalement, Raphaël, je vais t'aider dans ton enquête. Tu as raison. Il faut garder l'oeil ouvert!

Il était content. Et ma mère, soulagée. Elle pensait que jouer au détective privé me ferait tout

oublier. Franchement! Elle est naïve!

J'ai vidé mon bol de céréales. Ensuite, j'ai ouvert le carnet de Raphaël.

— À quelle heure le crime a-t-il été commis selon toi?

Raphaël a réfléchi un instant:

— À neuf heures.

J'ai noté:

Premier élément d'enquête: vol commis vers neuf heures, juste avant notre retour à la maison. Ils ont fait vite. Ils étaient probablement deux.

— Bon. Mais habituellement, les voleurs sortent plutôt la nuit. Es-tu d'accord?

— Peut-être...

— Alors, suis-moi.

4
Veilleurs de nuit

Mon plan était simple. Raphaël avait raison: il ne faut pas croire tout ce que disent les policiers. Les bandits reviennent toujours sur les lieux de leur crime.

Le nôtre reviendrait sûrement visiter le quartier en pleine nuit. C'est plus sûr. Et, puisque je ne pouvais plus dormir, autant plonger au coeur de la bête.

J'avais décidé de nous transformer, Raphaël et moi, en veilleurs de nuit. Je voulais affronter et combattre ma peur. Peut-être même réussirions-nous à démasquer le voleur.

Raphaël était tout excité.

— Comment on va faire pour rester éveillés?

— On va faire comme à Noël. C'est facile.

Ce qui l'était moins, c'était de s'arranger pour que ma mère ne se doute de rien. Pour ça, la journée devait ressembler aux autres journées.

Journée classique: jouer au Nintendo pendant que Raphaël s'amuse à la guerre des étoiles. Lire une bande dessinée. Parler trois fois avec mon amie Stellia au téléphone. Être obligée d'aller au parc avec Raphaël. Refuser de manger nos légumes.

Rouspéter pour ne pas aller me coucher.

Cette journée avait beau être ordinaire, elle s'écoulait aussi lentement que dans l'attente d'une fête.

Et puis le soir s'est enfin montré le bout du nez.

Raphaël dormait depuis au moins une heure quand je suis allée me coucher à mon tour.

Ma mère pensait que j'étais encore inquiète. Elle s'est allongée un peu à mes côtés. J'avais presque hâte qu'elle s'en aille. Je n'ai rien dit, cependant, pour ne pas éveiller ses soupçons. D'habitude, je dois insister pour qu'elle reste.

J'ai eu bien du mal à m'endormir. Je sentais la peur qui me guettait dans l'ombre. En plus, j'étais trop impatiente.

J'avais mis mon réveille-matin

sous mon oreiller. À minuit pile, il a sonné.

Je me suis faufilée en douce dans la chambre de Raphaël. Il m'attendait, déjà prêt. Mon frère est génial quand il veut!

— C'est vraiment comme à Noël, a-t-il chuchoté. On dirait que quelque chose de spécial nous attend!

— C'est ce qu'on va voir, Raphaël.

Il fallait d'abord descendre l'escalier en sourdine. Nous nous sommes collés contre le mur, nos souliers dans les mains. Nous avons avancé, marche après marche, en retenant notre souffle. Comme des voleurs!

La porte d'entrée nous séparait de l'aventure. J'ai hésité un instant.

— Es-tu sûr, Raphaël?
Il est resté muet.

— Es-tu sûr?

Il s'est mis à reculer. Il était hors de question que j'y aille toute seule! Je l'ai vite attrapé par le bras. J'ai cru entendre un oui minuscule.

Alors j'ai ouvert la porte. Et nous nous sommes retrouvés dehors sans que ma mère se rende compte de rien. La chance nous souriait.

J'étais munie de mon carnet de détective. Raphaël, d'une petite enregistreuse d'espion. Il voulait capturer le bruit que faisait la nuit.

La première chose que nous avons entendue, c'est le silence. La nuit faisait un bruit de silence! Pas rassurant une miette.

Raphaël, en petit frère redevenu courageux, a dit:

— On va au parc. Ce n'est pas loin. Et de là, on voit la maison. Si le voleur revient...

— Bonne idée. Allons-y!

Comme dans ma chambre, l'autre nuit, tout semblait différent. Le trajet était plus long. Les maisons avaient changé de couleur. Les arbres méditaient. On aurait juré que nous étions dans une autre ville.

Et nous, surtout, nous avions l'air plus petits.

Rendus au parc, nous avons grimpé tous les deux au sommet de la fusée géante. Ainsi, nous dominions ce monde inconnu.

J'ai ouvert grands mes yeux. Raphaël a sorti de sa poche son enregistreuse miniature. Et nous avons commencé à faire le guet.

5
Oiseaux de nuit

La nuit, tous les chats sont gris. J'ai vite compris ce que ce proverbe signifie.

Au début, on ne voyait rien. Nous nous croyions vraiment seuls. Tellement que ça nous donnait la chair de poule. Et de drôles d'idées.

Raphaël n'arrêtait pas de parler.

— Savais-tu que grand-papa a failli aller à la guerre?

— Oui. Et après?

— Rien. Ça fait bizarre de penser à ça.

Ou encore:

— On est des milliards d'êtres humains sur la terre.

— Et puis?

— Mais on ne s'en rend jamais compte!

C'est vrai qu'ici, en pleine nuit, le monde avait l'air vide. Et endormi. C'était étrange de songer que, de l'autre côté de la planète, les gens s'activaient.

Néanmoins, nos yeux se sont habitués à l'obscurité. Nos oreilles, au silence. Et au bout d'un moment, la nuit s'est mise à vivre à sa façon.

Des chats, il y en avait. La couleur de leur pelage s'est peu à peu détachée du gris de la nuit.

Certains déambulaient dans le parc. D'autres, dans le parterre des maisons. On aurait dit des fantômes de chats!

Si on regardait bien, on voyait aussi des oiseaux dans les arbres. On entendait même, parfois, un petit piaillement. À quoi les oiseaux pouvaient-ils bien rêver? À tous ces chats qui erraient au pied des arbres?

Il y avait aussi un nombre fou de papillons.

— On appelle ça des noctuelles, a dit Raphaël.

Nous nous sommes retrouvés entourés d'animaux de toutes sortes. Une marmotte, un raton laveur, des chauves-souris. Raphaël a même cru voir passer un petit lièvre au loin.

Il y avait donc tout un peuple

d'animaux qui ne sortaient que la nuit!

Et puis, les balançoires grinçaient à cause du vent. Comme si des enfants invisibles s'y balançaient!

J'imaginais une réunion secrète. Des enfants sortaient tous les soirs de leur maison. Ils avaient appris à devenir invisibles. Ils rejoignaient la cohorte d'animaux nocturnes.

Raphaël était émerveillé.

— On dirait qu'on est protégés!

Il avait raison. C'était peut-être la lune. Elle diffusait une lumière si douce. Elle donnait l'impression de veiller sur nous. Nous avions presque oublié d'avoir peur.

C'est alors que nous avons aperçu une silhouette qui traversait la rue et se dirigeait vers le parc. Sa démarche était lente. C'était celle d'un rôdeur!

«Le voleur, ai-je pensé. Et si c'était lui?»

Raphaël s'est blotti contre moi.

— C'est louche, a-t-il murmuré en sortant son enregistreuse de sa poche.

— C'est peut-être juste un somnambule, ai-je dit.

Je voulais rassurer mon petit frère. Ça n'a pas marché. J'avais seulement réussi à m'affoler moi-même. Un voleur somnambule: c'est sûrement encore plus dangereux!

La silhouette s'est dirigée à pas de loup vers les balançoires. Les petits animaux ont filé dans leur cachette. Et nous, nous sommes restés là, à trembler sur la fusée.

6
Noctambule

La silhouette se balançait maintenant sans faire attention à nous. Elle s'est mise à siffloter.

— Êtes-vous le voleur? a crié Raphaël.

Franchement! J'ai juste eu le temps de mettre ma main sur sa bouche avant qu'il continue. Sauf qu'il était trop tard. Le voleur nous avait repérés.

— Il y a quelqu'un? a-t-il dit en se levant.

— Non! avons-nous chuchoté en chœur, malgré nous.

Quelle erreur! L'homme s'est mis à marcher vers nous. Plus il s'approchait, plus il grandissait. Il avait une main dans sa poche. Peut-être tenait-il un fusil?

— Est-ce que je vois bien là deux petits enfants? a-t-il demandé.

J'ai fait signe à Raphaël. Il n'y avait plus de temps à perdre. Nous avons dégringolé de la fusée et nous avons pris nos jambes à notre cou.

Nous avons couru comme des souris apeurées jusqu'à la maison. Sans nous retourner une seule fois.

Nos pas claquaient dans le silence. Je ne savais plus si c'étaient les nôtres. Ou ceux du voleur.

Devant la maison, je me suis arrêtée pour regarder derrière moi en frissonnant. Personne à l'horizon. L'homme ne nous avait pas suivis. Il n'était peut-être pas le voleur, après tout.

Nous nous sommes assis tous les deux sur le perron. Pas question de rentrer tout de suite. Nous étions trop essoufflés. Et il ne fallait surtout pas réveiller notre mère.

Le calme est peu à peu revenu en nous.

Plus tard, Raphaël a pointé du doigt quelque chose qui brillait à travers les buissons.

Quelle sorte d'animal pouvait bien briller ainsi dans le noir? Une luciole? Un ver de terre noctambule?

Trop curieuse, je me suis mise à quatre pattes pour aller voir de plus près. C'était ma chaîne en or! Le voleur avait dû l'échapper en s'enfuyant.

J'ai ouvert mon carnet. J'ai placé la chaîne entre deux pages. C'était devenu une pièce à conviction.

— Je vais relever les empreintes demain, a dit Raphaël.

Pour mon frère, notre aventure avait porté fruit. Tant mieux, parce qu'il était grand temps de rentrer à la maison.

7
Rêveurs

Le lendemain, c'est ma mère qui nous a réveillés. C'était vraiment le monde à l'envers.

— Qu'est-ce qui se passe? Il est plus de neuf heures!

J'avais dormi aussi dur qu'un animal en hibernation. Je ne me souvenais d'aucun de mes rêves. De nouveau, la nuit avait gardé intact son mystère.

Peut-être était-ce mieux ainsi. Peut-être que c'était ce qui servait à embellir le jour. Le mystère de la nuit...

Ma mère préparait notre déjeuner en nous jetant parfois des coups d'oeil suspicieux. Raphaël se taisait, craignant de s'échapper. Nous avions conclu un pacte. Que cette nuit de veille reste à jamais notre secret.

— Qu'est-ce qu'il y a, Raphaël? Tu ne parles plus? a demandé ma mère.

Silence.

— Et toi, Annette? As-tu fait un autre cauchemar?

Silence.

Il fallait que je trouve vite quelque chose à dire.

— J'ai fait un rêve fantastique.

— Ah oui?

— J'ai rêvé à un monde inconnu. C'était la nuit. Il y avait

des oiseaux fabuleux... Et plein d'autres choses difficiles à raconter.

— Et toi, Raphaël?

— Moi? Euh...

Raphaël a blêmi.

— Moi? J'ai fait le même rêve... Sauf qu'au lieu des oiseaux, c'étaient des lièvres géants qui se balançaient au parc!

— Bizarre, a dit ma mère.

— Oui, bizarre, ai-je répété.

Mais elle nous a crus. Nous n'en avons plus reparlé du reste de la journée.

Sauf que moi, je n'arrêtais pas d'y penser.

J'avais vécu une expérience si intense qu'il était difficile de la garder pour moi.

J'ai essayé de décrire mes émotions dans un de mes cahiers.

Ce n'était pas suffisant. Dès que je les attrapais, les mots s'envolaient comme des papillons.

Je fermais les yeux pour replonger dans le silence peuplé de petits animaux. Je retournais sur la fusée, tout près de mon petit frère. À nos pieds s'étendait une vallée de rêves.

J'étais confuse. J'aurais voulu repartir à l'aventure de nuit. En revanche, j'avais eu la trouille. Nous l'avions peut-être échappé belle! J'étais bien contente d'être de retour à la maison.

Ici, je pouvais toujours m'évader en imagination. Tout dépend de la façon dont on regarde les choses. Au moins, maintenant, les ombres de ma chambre ne me feraient plus jamais peur.

Raphaël, lui, a cessé de s'intéresser au voleur. Il avait d'autres jeux en tête. Il était question, entre autres, de pirates et de poursuite sur l'océan.

Le soir, l'étourdi est apparu au salon avec son magnétophone. J'étais en train d'écouter un film d'amour avec ma mère. Sans réfléchir, il a mis l'appareil en marche.

Aussitôt, de drôles de bruits se sont fait entendre. Un sifflement. Des froissements de vêtements. Des feuilles qui bougent dans les arbres.

Nous avons ensuite entendu la voix de Raphaël:

— Êtes-vous le voleur?

Ma mère a fermé le son de la télé.

— Il y a quelqu'un? a demandé la voix du noctambule.

— Non, ont chuchoté deux
voix bien connues.

Et puis, comme un ogre dans
un conte de fées, l'homme a
dit:

— Est-ce que je vois bien là
deux petits enfants?

Bruits de respiration... Ouf! L'enregistrement s'arrêtait là.

Pendant des secondes interminables, nous ne savions plus où poser nos yeux, Raphaël et moi. C'était comme au cinéma, lorsqu'on découvre le coupable. Tout était en suspens. Jusqu'au moment où ma mère a dit:

— Mais qu'est-ce que c'est que ça?

— Rien! avons-nous répondu en choeur.

Franchement!

Table des matières

Achevé d'imprimer
sur les presses de Litho Acme inc.